오늘의문학 시인선 458

심장근 제7시집

그, 시간의 온기

오늘의문학사

그, 시간의 온기

차례

멀리 한라산 분화구에서
여기까지 날아와 불꽃의 날개를 접은 돌들

모두 사랑 받을 수 있는 것은 아니지
그곳에서 서로 사랑하는 것이지

모슬포

고내

어느 돌은 감자 밭에서 돌담 밭둑이 되기도 하고
그러면서 그곳에서도 서로 사랑을 하고

어느 돌은 겹담의 바깥쪽 담장이 되기도 하고
사랑은 쉼 없는 것, 거기에서도 서로 사랑을 하고…

수산

성산

1부

흩어짐에 대하여

마당가에 쌓여있는 돌에게 물었다

언제 흩어질 거니?

알고 있을 텐데

지금 이름으로 아니더라도
언제인가 우리 다시 만날 수 있을 텐데

내가 바라는 이 세상의 모든 것들이
지금부터 천 년 후에도 여기 그대로 있을 텐데

그래서 오늘밤 저 낮은 담 밖 작은 모퉁이를 지나간 사람도
누구누구 였는지 저 돌담은 알고 있을 텐데!

남원

남원

우리들의 풍경

조금씩 덜 맞는 모서리로도
우리는 또 하나 풍경이 된다

제비꽃, 사랑초 빛나는 틈이 되어
그 꽃들 오르내리는 비탈길이 되어

행복하다

젖은 빨래 말리는 햇살은 행복하다
햇살에 잘 마른 옷을 입는 그도 행복하다

남원

담장 밖에까지

껍데기는
바람과 햇살과 모든 것을 살리는 물에서도 죽고

알맹이는
씨앗 하나로도 담장 밖에까지 새로 넘치는구나

하가

그한테 반해서

사스레피나무 새잎 고운 이웃집에
참 예쁜 사람 살고 있어서

내 이마 사스레피 잎에 닦아 달을 만들어
돌담 너머 예쁜 그한테 보냈네

가서 보고 내 맘 전하랬더니
달도 예쁜 그한테 반해서 돌아올 줄 모르고…

월산

아무한테도

아무한테도 상처를 주지 않고
햇살은 연두 잎을 주는 줄 알았더니

연두 잎도 상처였네
시시때때 다가와 상처를 쓰다듬는 햇살들

상예

바로 그 하나

돌담 쌓다가 하나 모자란다고 해서
이웃에게 내가 아껴온 돌 하나 주었다

아흔 아홉 개 줄 걸…
그 중에서 맞는 거 없을 때도 있을 텐데

잘 맞는다고 했다
건넨 것이 백 개 중의 바로 그 하나였구나!

하가

오늘 내 앞에 지는 꽃은

때가 되어 꽃이 지는 것은
꽃도 휴식이 필요해서이다

꽃으로 빛나는 시간의 그 고단함
누구에게나 그의 꽃이 되어야 하는 수많은 외로움

오늘 담장 안쪽에 숨어 피는 꽃은
이번에는 내 어깨에 기대어 휴식하는 꽃이 되고 싶어서이다

월산

동복

누군가 보기에는

당신이 집을 떠난 지 오래 되었네
기다리는 날마다 하루에 한 개씩 돌을 들어냈더니

누군가 그쪽에서 보기에는 돌담을 쌓았다고 하고
누군가 다른 쪽에서 보기에는 가슴의 돌을 꺼내었다고 하고…

동복

너를 여전히

이건 뭐지?

노란 지붕 집에 살던 너를 여전히 기억하는 거
그래서 꽃이 된 기억들도 노란 꽃이 되는 거…

알게 모르게

… 탁,탁,탁,탁,탁,탁,탁,탁,탁,탁,탁,탁,탁,탁,탁,탁,탁,탁,탁,
탁,탁,탁,탁,탁,탁,탁,탁,탁,탁,탁,탁,탁,탁,탁,탁,탁,탁,탁,
탁,탁,탁,탁,탁,탁,탁,탁,탁,탁,탁,탁,탁,탁,탁,탁,탁,탁,탁,
탁,탁,탁,탁,탁,탁,탁,탁,탁,탁,탁,탁,탁,탁,탁,탁,탁,탁,탁,
탁,탁,탁,탁,탁,탁,탁,탁,탁,탁,탁,탁,탁,탁,탁,탁,탁,탁,탁,
탁,탁,탁,탁,탁,탁 …

서로의 비어있는 모서리를 맞춰갑니다

돌도

알게 모르게 상처가 있어요

하가

36

멍

멍 든 이후부터 비로소 꽃들은
향기를 내는구나

그렇게 혼자서 새로 말짱해지는구나

서홍

37

의미

잊혀진 그의 의미의 대상이
내가 아니었으면 좋겠어

그 좋은 바람과
그 좋은 빗물이 언약을 녹슬게 만드는 동안
나도 누군가의 잊혀진 의미가 되어간다

잊고 사는 너도
많이 아프지?
괜히 했나보다, 그때 그 약속…

애월

돌아갈 마음

돌담 쌓다 남겨둔 자리에
새벽이 되자 별들이 내려왔다

새벽이슬에 별들은 젖어서
다리 저려 일어서지 못하고 주저앉았다

알고 보니 올 때부터
돌아갈 마음 아예 없었던 거…

곽지

이유

내가 너를 향해 돌담을 쌓은 것은
너하고 나 사이의 담을 없애고 싶어서였어

판포

수산

2부

열어 둠에 대하여

기쁨 한 켜 쌓고
슬픔도 한 켜 쌓아서

햇빛에 말리고
다시 달빛에 젖게 하면

남지나해 망망대해 건너온 바람도
들꽃 몇 송이 두고 가더라

어떤 바람들이

지나 온 시간 속의 어떤 바람들이
이렇게 희생하고 협력하게 만들었을까?

금둥

내가 들어있고

빛의 한가운데를 지나온 어둠 안에는
너에게 제일 먼저 주고 싶은 내가 들어있고

고산

할 말

여기 귀를 함께 대어 보자

듣는 귀가 많으면 불편했던 바람,
그 바람이 드디어 할 말 있다는구나

동흥

서귀

너를 향해

세상의 모든 담장은,

네가 나를 향해 넘어오지 못하게 길을 막은 것이 아니라
내가 너를 향해 넘어가도록 길을 내준 것이었구나

우리가 한 일

귓속말 하나,

꽃이 된 이후, 가파른 절벽을 오르거나 내려오는 일
아직까지 그것 외에는 우리가 할 일을 찾지못했다

함덕

더 따스하고

귓속말 둘,

좁은 자리 조금씩 서로 내어주다 보면
무릎에 와 닿은 햇살은 바닥근처라서 더 따스하고

판포

다시 꽃이 되는

먼저 꽃이 되어 떠난 그에게 메시지를 보낸다

촘촘히 쌓아올려 틈 없는 화산암 벽에서도
털머위는 살다 간 자리에서 다시 꽃이 되는구나

판포

이리저리

양복 끝에 보이는 흰 와이셔츠 소매 끝
이리저리 돌려보며 모서리를 맞춘 오늘 하루 일거리

동흥

푸른 마늘은 어느새 자라 소매 끝도 모서리도 없네

동홍

바람 들어오는 곳

바람구멍 없는 담장이 무슨 소용 있겠느냐

꽃 없이 잎으로만 사는 양치식물도 바람이 나가는 곳보다
바람이 들어오는 곳을 저 사는 길목 삼는 걸…

붙여놓고 살고

이제 보니, 지구가 동글다고 했지

돌이끼는 돌에 붙어살고 돌은 또 다른 돌에 붙어살고
또 다른 돌은 또 다른 돌이끼를 붙여놓고 살고

고산

고산

그의 담장

나는 이번에도 가을을 기다리기로 했다

국화 한 무더기 심어놓고
잘 구워진 돌들만 모아 그의 담장이 되기로 했다

또한

혀 끝에 흑설탕 한 티스푼 올려놓고
단맛이 스며들기를 기다려본다

아마,
담장 너머 과일들이 또한 그러하겠지

수산

모든 상처에서

별똥별 하나 어둠속으로 사라지던 날
유채꽃 밭의 유채꽃 줄기 하나 슬그머니 휘어졌다

이제는 소원이 없도록 해달라는 소원 하나 지니고
어둠속 젖은 들길을 걸어가는데
휘어지는 유채꽃줄기 하나는 나한테까지 휘어져서
내 종아리에 조금 전 지나간 별똥별 자국을 남기는구나

상처는 그 둘레의 온전한 살보다 뜨겁다
또한 날개는 모든 상처에서 나오고…

서귀

문득 보이네

귓속말 셋,

가파른 담장이 거기 있어서 고양이가 거기 있는 걸까
고양이가 거기 있어서 거기 있던 담장이 문득 보이는 걸까

수산

수산

나한테도 다가오는

저 담장의 수많은 바람과 빛의 통로들

수산리 오래된 동네를 처음 지나가는 동안
나한테도 이리 슬금슬금 다가오는 일출봉

내려놓다 보면

나중에는 돌담의 돌을 모두 내려놓을 거지

예덕나무 붉은 새잎 보러 일부러 오는 사람들
한 켜 한 켜 내려 놓다보면 그게 돌담의 높이…

수산

가파도

3부

함께에 대하여

꿈속에서 섬 하나 보아둔 게 있어서
길을 나서는 날,
누군가의 봄날도 내 옆에 붙어서
내 봄날이 되는구나

달아, 우리 또

저기 모퉁이길 찔레꽃 향기 좋다
우리 함께 도망가던 그날처럼

달아, 우리 또 도망가자, 어둠 속 잡은 손 놓치면
여기 돌담에서 만나기로 했던 우리

서귀

가파도

갚아도

네 것 내 것 구분 없이 사는 사이를
갚아도 되고 말아도 되는 사이라고 하지

이번에는 가파도에서 갚아야 되는 것을 찾아서
저기 보리밭에 들어앉은 봄 꿩과 종달새를 날렸네

집 하나 돌담 하나 골목 하나
그 만큼의 하늘에 그의 이름 새겨 갚아도
또 갚을 것이 남는 가파도,
내가 받은 짬뽕국물조차 넘치는 봄날!

와 닿는

제 모서리에 맞는 다른 모서리를 찾아서
흩어지지 않으면 담이 될 수 없지

오래 비어있던 내 한쪽의 그 모서리에
그가 딱 부딪치며 와 닿는 기쁨!

가파도

그가 거기 있어서

드림약국 고운 아가씨 열 개 손가락마다
붉은 봉숭아물이 참 곱네
주차장 한쪽 오동나무에서 참매미 울며 여름이 가고
누군가 흘리고 간 과꽃 씨앗은 다시 꽃으로 나부끼는 날
열 개 손가락마다 하얀 손톱 달을 밀어 올리며
가을이 오고 있네 메시지를 보내는 동안에도
그가 거기 있어 그 길로 가을은 오고 있네

서로 옆에 두기 위해

바람은 지나가며 흩어놓는 줄만 알았는데
나무는 나무끼리 돌은 돌끼리 모아 놓기도 하는군

꽃들도 꽃들끼리 모여서
꽃으로 서로 옆에 두기 위해 연신 불러내는군!

서귀

따로 있으니

섬 하나 왼쪽으로는 걸어서 돌고
오른쪽으로는 자전거 타고 돌았는데요
다음에는 왼쪽오른쪽 바꾸어서 돌아볼까 해요

보이는 게 다르지요
그만큼의 높이와 그만큼의 속도가 따로 있으니!

모슬포

서귀

은지화처럼

이중섭 드나들던 돌담 집 그 집에서
은지화처럼, 그녀가 꽃 속의 그녀를 찍고 있군

죽단화도 피고 황매화도 피어서
이 봄날 새로 집을 짓고 있는 새들을 지키고 있네

그 사람

저만큼 떨어져 작은 들꽃을 들여다보는
그 작은 뒷모습도 그리운 봄날

한 번도 손잡고 걸은 적은 없는데
그 손 따스하게 여전히 남아있는 사람

돌담에 겹쳐진 돌들 사이사이 지나온 바람도
유채꽃 둘레에서 유채 향으로 맴돌던 봄날…

가파도

어록, 김경자

독립,

여전히 꿈이 아니길 꿈꾼다

서성

바꾸어 앉는

돌담이 무너진다는 것은
그 자리가 꽃밭이 된다는 거지요

풀들이 끌어당기는 대로 돌담의 돌들은
땅속으로 들어가면서 자리를 바꾸는 봄날

동복

풀끝의 꽃 하나와 돌담의 돌 하나가,
또 돌 하나와 꽃 하나가 연신 자리를 바꾸어 앉는 봄날

동복

어록, 어머니

사는 동안에는 아프지 말고 살아라
혹시 아플 땐, 함께 고치며 함께 살아라

어록, 나의 유모

노래를 배워야지
도너츠 굽는 것도 배우고
트럭 하나 구할 수 있다면
저기 물빛 아름다운 한담해변에도 갈 거야

할 수 있는 것이 없는 게 아니라
하고 싶은 것이 너무 많은 거야

고산

누가 돌담을

여름 귤은 단맛이 들어가고
그녀는 녹색 병에 담긴 맛있는 그 술 한 병 샀다

엊그제 새로 신은 빨간 신에는 날개가 달려서
돌담을 따라 멀리 돌아가는 길은 어제보다 가깝다

누가 돌담을 넘어 감히 새로 길을 낼까
수명 다 한 별 옆에 새로 별들 내려와 앉는 그 자리에!

수산

이름 붙이기

낯익은, 그러나 서로 다른 뒷모습 또는 앞모습에
이름을 붙여본다
… 희문, 은선, 경애, 권옥, 정주, 은주, 현주, 희준, 경옥,
남숙, 시연, 윤미, 영아

담장은 들판의 돌덩이를 얹어 만든 것이 아니라
그 마음의 담장을 허문 돌을 꺼내어 만든 거다

그러므로 담장을 쌓으면서 다시 묻는다
무無에서 만들어지는 유有는 과연 있느냐?

가파도

보고 싶으니 보입니다

그대 발걸음 가는 길이 따로 있어서
어느 길로 앞서 가 기다려야 만날지 모르는 하루

천천히 떨어지는 꽃잎 사이로 언뜻언뜻 그대가 보입니다
…보고 싶으니 보입니다

가파도

가파도

너는 누구지?

돌담의 금사철덩굴잎이 환하군
그 봄날 아침 안개는 환청처럼 나를 불렀어

나는 어느 화산섬의 봄날을 찾아
자전거에 올라타고 길을 떠났어

돌담 하나 지나면 또 다른 돌담이 휙휙 뒤로 지나가는데
누구지? 뒷자리에 앉아 내 허리 꼭 잡은…

동복

4부

어우러짐에 대하여

나의 빈 정원을 부지런히 가로 질러간
지난밤의 어둠들

주름잎풀꽃, 애기땅빈대꽃, 붉은모자병정이끼…
나의 빈 정원에 가득 남겨두느라고 더 어두웠던!

1

여기 와서 돌담의 돌이 되려 하지 말고
돌담의 돌이 되어 와서 여기서 돌담이 되자

동흥

2

여기 와서 꽃이 되려 하지 말고
여기 오기 전에 꽃이 되어 여기 오고

수산

3

그래, 그거 하나
여기 와서 열매가 되는 것은 괜찮다

수산

4

그 사람 잘 있는지 궁금할 때
꽃 사진 하나 메시지로 보냅니다

잘 있다거나 내 안부가 궁금하다거나
그동안 사는 거 힘들었지만 꽃을 보니 좋다거나

답문 없이 읽은 표시만으로도 좋습니다
제 철에 피어 제 향기 가득 품은 꽃이 그에게 갔으니!

수산

풍욕

꽃을 지나온 바람에는 꽃이 들어있다
저기 돌담에 숨어있는 덩굴장미들이
지나가는 바람에 고개를 들었다 바로 그 천 년만인가 오늘,

이번 한 번뿐이다, 파란하늘에 꽃잎 펄펄 날리며
가까이 다가선다
밀어내지 않으마, 더 가까이 오라!

수산

수산

자리에 관하여

꽃이 핀 자리에 열매 오는 줄 알았더니
꽃이 진 자리에 열매가 왔네

며칠전 내가 오래 앉아있던 돌담 아래 돌에도
내가 간 방향으로 연두색 자주코이끼가 피어오르고

옆에 있을 때만 그가 있는 줄 알았더니
그가 간 빈자리에도 여전히 그가 있네

더 좋네

담 너머 치자꽃 향기
돌담의 돌 두엇 슬그머니 빼놓으니 더 좋네!

수산

가시리

고사리 꺾으러 가시리 숲에 들어갔다가
수많은 제비꽃들 만나서 눈 맞추는 동안

제비꽃들 고사리 옆에 다가와서 칭얼칭얼
지금 꺾이지 못하면 천년 후에나 다시 온다고

나를 꺾지 않고 가시리잇고
온산에 고사리 천지라도 그들 말고 나를 꺾어 주지…

표선

나는 왜

나는 왜 당신하고
노래해야만 노래가 되는가요

나는 왜 당신하고 노을이 되어야만
노을이 되는가요

나는 왜 당신하고만 돌이 되어야
돌담이 되는가요!

가파도

낮은 담이

날개를 펴고 싶다, 지금
우리끼리 행복한 지금

저 낮은 담이 참 좋다
고개만 돌려도 거기 있는 그대 얼굴 볼 수 있으니!

가파도

그 봄날

돌 하나가 내 안에 들어왔다
돌 하나 안에 열두 점 무당벌레가 함께 왔고

무당벌레 젖은 입에 물려서
제비꽃 씨앗 한 알도 함께 들어왔다

그 봄 날, 제비꽃 앞에 낮게 엎드려서
제비꽃 이마에 이마를 대던 그도 함께 왔고

가파도

마음

돌의 마음을 알려면
돌이 되어야 하고

꽃의 마음을 알려면
꽃이 되어야 하고

그의 마음을 알려면
그가 되어야 하고…

가파도

이름

돌담에 손을 얹고
이름 하나 불러본다

돌 하나가 부른 이름 되어 돌아오고
다시 이름 부르기 전에 돌 하나가 이름 되어 돌아오고

돌담에 손을 얹는다
이름 모를 그는 무어라고 불러보나…

금둥

판포

떠난 자리

그가 머물다 떠나간 자리가 저리 환하다니!

그가 떠난 자리 어디 없나,
또 어디 없나…

함께 있어야

보이지 않는 것을 보며
함께 있어야 비로소 사랑이구나
달은 여전히 오래된 마을 고내리에 함께 살지!

위미

느영나영

흐렸다 싶은 날이 비오는 날로 바뀌고
비 오니 길을 나서야겠다,
느영나영 두리둥실 놀구요

호박이 늙으면 맛이나 좋구요
사랑이 늙으면 무엇에나 쓰나
느영나영 두리둥실 놀구요…

판포

145

눈 아래에 두고

오래된 백일홍나무에서도 백일홍 꽃이 피고
심은 지 백일 안 된 백일홍 나무에서도 백일홍 꽃은 피네!

너는 무슨 꽃인지
그 높이 담장을 눈 아래에 두고 꽃이 피네

금등

금둥

5부

돌아옴에 대하여

돌담장 긴 골목길을 한참 따라가면
알고 있던 길도 잃어버리게 되는데

길을 잃어버린 그곳이
마침내 찾던 곳이 된다

돌담 올레길 · 1

아침 일찍 벗들이 온다고 해서
골목길을 쓸고 있는데

벌써 오고 있나보다
저 밝은 햇살들

수산

돌담 올레길 · 2

오늘 저녁 달빛 아래
망설였던 약속을 해도 좋겠네

돌담에 그를 향해 올려놓은 돌 하나
그는 그 표시를 눈치 챌래나…

가파도

어떤 꽃일까

아부오름 가는 길의 그 마을에는
돌담과 푸른 나무가 길을 만들고 있었네

누군가 고운 한 사람 앞서 지나갔구나
이 향기를 가진 그는 어떤 이름을 가진 꽃일까!

송당물혹

구좌

온기에 대하여

구좌읍 세화해변 내다보이는
창문 하나 있네 목에 털실 두 가닥 두른 소라껍데기 나란히 있네

누군가 앉아 한참 밖을 내다보았는지
앉아있던 자리, 그 따스한 온기…

남는 것이 있어야 하루가 꼭 의미 있나
바람이 지나가며 그의 향기 슬쩍 건네주는 날…

왔던 그 자리

북쪽마을 동쪽언덕에 유채꽃 아직 남아있네
돌담 너머 며칠 더 머뭇거리는 봄햇살

돌담은 무너지는 것이 아니라
제자리로 돌아가는 것처럼

그곳에 한 번 왔던 꽃이면
왔던 그 자리 잊지 않는 거

판포

동복

내게는 행운

들리지? 내 작은 노래도
푸른 바다를 건너온 푸른 바닷물 소리 끝에 살아나고
얼마나 더 기다려야 아침이 올지 모르지만
오늘 다녀온 곳도 내게는 행운이었어
알지? 오늘 밤을 푸른 달빛으로 건너서
내일 하루를 또 만날 수 있는 더 큰 행운을

열어 둠

세상의 새잎을 먹을 수 있는
그 며칠 동안을 위해

봄날은 세상의 작은 잎눈 위에
적당한 밝기와 온도의 햇살 한나절 뿌림

그곳으로 향하는, 그만 아는
돌담의 작은 쪽문 하나, 열어 둠

고내

문득 만나니

열두시 전에 집으로 돌아가야 하는
별이 있었는데,

옆 동네 다른 별도 열두시 전에 돌아가기 위하여
모퉁이 길을 돌아서는데, 이제 1분 전

어쩌나, 문득 만나니 서로 그때서야 생각났지
그곳에서 만나기로 했었던 거

가파도

기대고 있는 동안

너한테 기대어 있을 때가 좋았어
봄날은 혼자 있는 나한테도 꽃길 만들며 오는 것이었고

오는 길은 여럿, 길이 남아서 나한테도 온 것이 아니라
내가 여기 있어서 나한테 너는 왔다는 거지

너한테 그렇게 어깨를 기대고 있는 동안
봄날은 간 거였어 그 열병의 열락

고내

돌담 올레길 · 3

누가 저리 이쁜 돌담 쌓았는지 알 수 없고
그동안 누가 돌담 보러 저물녘 바람하고 왔는지도 알 수 없지만

누군가 돌담으로 오늘 밤도 여전히 제일 밝은 달을 보냈네
그 달빛 제일 어두운 곳에서 꽃은 제일 밝게 피었고

그곳에 돌담 쌓은 사람의 손 그림자도 어른어른
그가 만진 돌을 나도 손으로 쓸어보는 동안 돌가루 묻어나는…

동복

169

돌담 올레길 · 4

문득 바람 한 줄기 일어나는 걸보니
어디선가 별 하나 돋는구나

낮에 떨어진 늦은 동백꽃 몇 송이
떨어지며 별이 돋는 자리 점 찍었구나
떨어진 동백꽃도 별이 되는 시각에

그는 천천히 돌담을 돌아 누군가한테 간다
…그도 누군가에게 별이 될 차례!

수산

종달

꽃 있네

저 검은오름 기슭의 구슬붕이, 아침 이슬 속 금새우난
금빛에 빛나는 차 잎 새순
봄날은 오고,

몇 개의 돌담을 넘어
넘고 또 넘어 다가가는 길에, 여섯 송이 자주색 붓꽃, 문득
허리 굽혀 눈 맞추는 등심붓꽃이 있고, 애기도라지도 있고…
봄날은 가고

판포

꽃은 지면서도

피어있는 동안 내색 없이 고단했던 꽃의 날들
꽃은 지면서도 한 번 더 세상을 꽃잎으로 덮어주네

그곳에서 다시

돌담에 닿을 때 부딪친 씨앗 속 민들레 머리, 가슴, 배…
많이 가물어도 그곳에서 다시 꽃피우는 힘

동복

그 골목길

오후 두 시쯤이면 그 골목길에 네가 지나가는 걸 안다
일곱 시간 전부터 해는 떠서
가슴 두근거리며 밝혀놓은 그 골목길로

고산

남원

지는 동안에도

동백이 진다
지는 동안에도, 그 한참 후에도 여전히 꽃이다

네가 꽃이 되었구나

아침 새소리 들으셨나요!
꿈은 없어요 그냥 오늘 하루도 편안히
불어오는 바람을 모두 맞아들이고
꽃이 핀걸 보면 네가 꽃이 되었구나 이마에 대어보고

손끝에 박혀들면서, 나를 아프게 한 가시도
부서지지 않게 조심스럽게 뽑아내고…

수산

네게 기대고

따스한 네 등에 나도 내 등을 기대고
네가 바라보는 반대 방향을 바라본다

조금 전 네가 바라보며 콧노래 부른 흰 구름이
너의 맑은 이마를 담고 내 하늘을 지나간다

루루루, 그 가사를 몰라도
네 노래 담겨있는 오늘, 내 천千날 중의 그 하루!

가파도

어느 돌은

제가 거기 있는 줄도 모르면서 풍경이 되기도 하고!

심장근 제7시집

그, 시간의 온기

발 행 일 | 2019년 11월 28일
지 은 이 | 심장근
발 행 인 | 李憲錫
발 행 처 | 오늘의문학사
출판등록 | 제55호(1993년 6월 23일)
주   소 | 대전광역시 동구 대전로867번길 52(한밭오피스텔 401호)
전화번호 | (042)624-2980
팩시밀리 | (042)628-2983
전자우편 | hs2980@hanmail.net
카   페 | cafe.daum.net/gljang(문학사랑 글짱들)
         cafe.daum.net/art-i-ma(아트매거진)

공 급 처 | 한국출판협동조합
주문전화 | (070)7119-1752
팩시밀리 | (031)944-8234~6

ISBN 979-11-6493-026-5
값 12,000원

* 이 책은 교보문고에서 eBook(전자책)으로 제작·판매합니다.
* 잘못 제작된 책은 바꾸어 드립니다.
* 이 책은 충청남도 와 충남문화재단에서 지원금을 지원받아 발간되었습니다.

* 이 도서의 국립중앙도서관 출판예정도서목록(CIP)은 서지정보유통지원시스템
  홈페이지(http://seoji.nl.go.kr)와 국가자료종합목록 구축시스템(http://kolis-net.nl.go.kr)에서 이용하실 수 있습니다. (CIP제어번호 : CIP2019047871)